# NAPOLÉON

## EN 1814.

# A Napoléon Bertrand,

## FILLEUL DU GRAND HOMME.

---

C'est encore une minute de Napoléon que j'ai voulu peindre, de Napoléon que vous avez vu mourir sur le roc où l'astutieuse Angleterre l'avait cloué ; enfin de Napoléon que je pleurerai toujours. A vous, Monsieur, mon dernier opuscule, je vous l'offre comme souvenir, et comme gage d'éternelle reconnaissance ; puissiez-vous le recevoir avec l'indulgence de l'amitié.

Toulon le 4 février 1836.

J. CHAUTARD.

# NAPOLÉON

## EN 1814,

## ESQUISSE DRAMATIQUE EN 3 SCÈNES

### MÊLÉE DE COUPLETS.

*Représentée pour la première fois au théâtre du Café Français, le 30 janvier 1836.*

DÉDIÉE A M. NAPOLÉON BERTRAND,

PAR JOSEPH CHAUTARD.

TOULON.

Imprimerie de Bellue, dirigée par A. Baume, rue Royale nº 29.

1836.

# PERSONNAGES.

NAPOLÉON, *M. Bordas.*

UN REPRÉSENTANT DU PEUPLE, *M. Potier.*

UN GRENADIER DE LA GARDE. (Personnage muet.)

*La scène est à Fontainebleau (1814).*

# NAPOLÉON

## EN 1814.

## SCÈNE PREMIÈRE.

**NAPOLÉON** (seul) en entrant.

C'est bien, général, c'est bien, je verrai plus tard ces dépêches ; laissez-moi respirer un moment ; je veux être seul, seul avec ma pensée. (Il s'assied.) Ainsi ils craignent jusqu'à mon nom. Envain j'ai abdiqué en faveur de mon fils, envain j'ai renoncé au plus beau trône du monde ; la couronne que la main sacrée du peuple avait mise sur ma tête tombera arrachée par la trahison ; mais la postérité me jugera. Je me présenterai devant elle sans rougir ; je suis pur moi, pur de tous les antécédans de chefs de dynastie. (Il se lève.) Et ils parlent de mon ambition.

AIR : *du Soldat laboureur.*

Quand j'apparus sur la scène du monde,
Fier, exalté, mais aimant mon pays ;
La République, en miracles féconde,
Allait tomber sous les fers ennemis.
Ne consultant alors que mon génie
Je dessouillai la révolution ;

Je balayai la terreur, l'anarchie.
Voilà mon crime ou mon ambition.

Pauvre France ! ton sol est foulé par les hordes des sauvages du nord , et moi je ne puis te venger. (Apercevant le drapeau.) Que vois-je ? oh ! mon noble drapeau. (Il le presse dans ses bras.)

Air : *Tu reverras mon père aux Invalides.*

Salut ! salut ! symbole de victoire,
Brillant drapeau de Wagram, d'Austerlitz,
La France envain répudiant ta gloire
T'a remplacé par les ignobles lys.
Viendra le jour , oh ! ma noble bannière,
Où le Gaulois reprenant sa fierté,
Sur le forum secouera ta poussière,
Aux noms sacrés de France et Liberté.

La France trompée par les promesses des Bourbons me regrettera bientôt ; alors je ne serai plus , ma cendre reposera peut-être sur la terre d'exil , et mon fils , oh ! cette pensée m'accable, mon fils ne sera plus pour la patrie qu'un étranger , un prince autrichien , son avenir était si beau !

Air : *du Bon vieillard.*

Tendre héritier d'une triple couronne
Quand tu naquis ton avenir fut grand,
Vingt rois alors aux marches de mon trône
S'agenouillaient pour te voir, noble enfant.

A ton berceau présida mon génie,
De toi long-temps il chassa le péril ;
Mais aujourd'hui tu n'es pour la patrie
Qu'un étranger qui mourra dans l'exil.

Les couleurs nationales reviendront pour la France ; ces belles couleurs flotteront un jour sur tous les édifices du monde, le peuple veut la liberté, le peuple l'aura. (Il quitte le drapeau.) Ils disent que j'étais un despote ; un despote moi, oh ! combien ils m'ont mal compris, j'ai porté les idées de liberté partout où le blason de l'empire a pénétré.

AIR : *Un jeune Grec.*

Nouveau Sylla, j'ai du prendre en ma main
Le gouvernail de la France trahie,
Mais moins cruel que ce sanglant Romain
J'ai par la loi puni la perfidie.
Des avocats le règne j'accasseur,
Sur le Français jeta la tyrannie,
    J'unis le fer du dictateur
    Au diadême d'empereur
Pour sauver la grande patrie.

Un temps viendra où les opprimés de toutes les nations secoueront leurs chaînes en invoquant la France, en invoquant mon nom.

AIR : *des Trois couleurs.*

Ah ! c'est envain que la sainte-alliance
Pousse vers nous les soldats de vingt rois,

Nouveau Brennus, j'ai mis dans leur balance,
Avec ce fer (Montrant son épée.) le livre de nos lois;
Et mon génie a, sur les steps barbares,
Pour les kalmouks semé la vérité.
Nos hymnes saints et nos nobles fanfares
Seront pour eux des chants de liberté.

La France a semé l'avenir de l'univers, le germe a pris, envain la tyrannie voudrait l'arracher ; la liberté ne fait que sommeiller, elle s'éveillera grande et belle, et couvrira le monde ; quelque temps encore et le peuple sera roi.

Air : *du Dégraisseur.*

Vieux préjugés de naissance et de rangs,
Vouloir d'un seul, disparaissez de France;
La Liberté nivèle ses enfans,
Devant nos lois l'égalité commence.
Peuple debout! la révolution
A proclamé sur les champs de victoire,
Que le baptême du canon
T'avait fait un noble blason,
Avec les palmes de la gloire.

Le temps n'est plus où le serf à genoux
A son seigneur venait offrir sa femme,
Où le seigneur déshonorant l'époux
Au pylori l'attachait comme infâme.
Le peuple enfin a reconquis ses droits,
Le fort géant a brisé ses entraves;
Debout, il est l'égal des rois,
Pour frain il n'a plus que les lois,
Les flatteurs seuls sont des esclaves.

Le siècle marche, autre temps, autre mœurs,
A notre époque il faut des lois nouvelles ;
Nos bons aïeux, nobles dévaliseurs,
N'avaient d'abris qu'au sein de leurs tourelles.
Blasons rouillés, châteaux, droits du seigneur,
Ramparts, crénaux de la vieille bastille,
Souvenirs de honte et d'horreur,
De vous le peuple fut vainqueur
Pour ne former qu'une famille.

Ces nobles à rapières, ces soldats de l'émigration reviennent sans rougir fouler le sol de la patrie qu'ils ont si lâchement livré aux guerres civiles et au fer de l'étranger..... Et ils tendent la main ; ils veulent des honneurs ; des honneurs, eux, les lâches ! et que restera-t-il donc à ceux qui ont si noblement défendu la France ?

Air : *Je puis mourir, j'ai revu mon drapeau.*

Généreux fils de la grande patrie,
Braves guerriers, défenseurs de nos lois ;
Vieux vétérans d'Egypte et d'Italie,
Nos détracteurs méconnaissent vos droits.
Le noble altier, pour prix de ses injures,
Vient mendier des rubans, des honneurs ;
Lui, des honneurs ! des honneurs aux parjures !
Honte plutôt aux lâches déserteurs.

Ils ont vendu la France ; ils ont dit à l'ennemi : venez, nous vous livrons le sein de la patrie, que vos bayonnettes étrangères le déchirent, nous vous aiderons ; et que nous fait à nous le serment que nous avons prêté au chef de la nation ; le chef de la nation pour nous, est celui qui de sa main puissante écrasera les têtes de l'hydre du peuple. Venez, venez habitans des froides régions du nord, enfans de l'Ukraine et du Woroné, plantez vos tentes nomades à l'ombre de nos glorieux monumens ; suspendez vos faisceaux au bronze de notre colonne, aux marbres de nos temples ; que l'écho des Tuileries porte vos chants barbares sous les voûtes sonores du palais des Médicis, palais exécré du peuple, berceau de la Saint-Barthélemy, souvenir de sang !

AIR : *Peut-on savoir où Dieu nous conduira.*

Palais sanglant, ah ! redis à la France,
Avec horreur le nom des Médicis ;
Redis aussi le meurtre et la vengeance
Que commandait leur implacable fils.
A ces tyrans d'exécrable mémoire
Joignons un nom plus fatal aux Français :
Bourbon revient ensanglanter l'histoire,
Honte aux bourreaux de leurs propres sujets.

Ils n'ont pas au cœur, ces héros de Coblentz, cet amour de la patrie qui consume le mien, ils ne sentent pas, ces princes de l'étranger qui viennent usurper un trône que le peuple avait reconstruit avec les débris des lois de la convention ; ils ne sentent pas tout ce qu'a de grand, de généreux, un sacrifice fait à la patrie.

AIR : *de l'Angélus.*

C'est envain que la trahison
A l'ennemi livre la France,
Envain l'on veut ternir mon nom,
Il conservera sa puissance.
La mort d'aucun de mes sujets
Ne souillera mes deux couronnes.
Le sang du dernier des Français
Vaut mieux que le plus grand des trônes.

(*Le tambour bat, un Représentant paraît.*)

# SCÈNE II.

## NAPOLÉON et le REPRÉSENTANT.

### LE REPRÉSENTANT.

Sire, la nation s'est prononcée, elle a proclamé votre déchéance et le retour au trône du frère de Louis XVI. Napoléon II n'est plus pour le pays qu'un prince dont l'appanage est au-delà du Rhin. L'île d'Elbe est le lieu qu'a choisi la sainte-alliance pour votre domaine ; je le redis, la nation a prononcé, Napoléon n'est plus empereur des Français.

### NAPOLÉON.

Et de quel droit, Monsieur, venez-vous m'annoncer une chose qui ne peut être. Moi, déchu du titre d'empereur ; moi qu'un pape, qu'un pontife de Rome est venu consacrer à la face du monde ; moi n'être plus empereur. Votre chambre vendue à la faction de l'étranger est-elle le mandataire du peuple. Votre chambre, qu'elle tremble, j'ai encore mon épée.

### LE REPRÉSENTANT.

Sire, votre abdication....

### NAPOLÉON.

Mon abdication! mon abdication, dites-vous, elle n'est que conditionnelle ; mon fils pour qui j'ai abdiqué, Napoléon II doit être empereur, entendez-vous, Monsieur, empereur des Français et roi de Rome. Ne vous y trompez pas, je ne suis pas tellement déchu de ma puissance qu'un appel au peuple ne me rende tout ce que j'ai perdu par la trahison. Voyez dans le nord de la France, voyez sur les bords du Rhin mes vieux soldats, mes braves compagnons d'armes ; leurs vieilles moustaches sont baignées de pleurs, ce sont des pleurs de rage ; que je dise un mot, que je fasse un signe et le canon de la Moskova va refluer vers leurs déserts de neige ces Attila, ces Allaric modernes que la trahison a guidé sur le sol sacré de la patrie.

### LE REPRÉSENTANT.

Et la guerre civile.....

### NAPOLÉON.

Assez, Monsieur, assez! que me faites-vous entrevoir? La guerre civile, allez dire aux représentans du peuple que Napoléon fut patriote avant d'être père ; j'abdique , Monsieur , j'abdique. Comparez ma conduite à celle de vos nouveaux maîtres , puissiez-vous un jour ne pas regretter l'empereur Napoléon , allez. (Le Représentant sort.) C'en est fait , le sacrifice est consommé.

Air : de Bélisaire.

Charmant pays , belle patrie,
Séjour de la gloire et des arts,
Heureux qui peut finir sa vie
En défendant tes vieux remparts.
J'ai mis en toi mon espérance ,
Conserve bien mon souvenir,
Dans l'exil mon dernier soupir
Sera pour toi ma noble France.

( Un soldat de la garde lui apporte l'aigle. )

# SCÈNE III.

## NAPOLÉON.

Viens aigle chéri , symbole de valeur , symbole de victoire , viens que Napoléon te presse sur son cœur...

Air : T'en souviens-tu.

Les Pharaons ont secoué leur cendre
Quand tu planais sur Gizé, sur Memphis ;
Tu vis tomber les remparts d'Alexandre,
Tu vis briller le soleil d'Austerlitz.

Dans ton essor tu parcourais la terre,
Quand le Kremlin croula sur nos guerriers,
La foudre alors s'échappa de ta serre,
Et les frimats glacèrent tes lauriers.

Destin en qui j'ai mis mon espérance, fais que mon bras n'ait pas besoin de ressaisir mon épée ; fais que les Bourbons oublient trente ans d'exil, qu'ils se souviennent seulement qu'ils sont Français. Français, non, ils sont devenus étrangers à la patrie. *(Après un moment.)* C'est donc à l'île d'Elbe, c'est donc sur un rocher de fer, rocher que mon cheval peut parcourir en tous les sens en quelques heures de temps, que l'on va reléguer celui qui pour promenade parcourait l'espace qui sépare le Panthéon de la croix d'Ivan du Kremlin ; celui qui jadis planta l'étendart de France et sur les monumens du moyen-âge des rives du Pô, et sur la pyramide de Chéops. Adieu France, adieu généreuse et grande nation ; envain mon buste, mes images sont traînés dans la boue de Paris, sont précipités dans les flots de la Seine après avoir été foulés aux pieds des cosaques du Don. Un jour le peuple avec son bras de fer les replacera sur les monumens desquels la foudre étrangère les avait précipités.

AIR : *de Lamarque.*

Ils sont campés sur la terre des arts
Ces durs kalmouks, ces fils de la Baltique,

Le Panthéon a vu leurs étendarts,
Et leurs chevaux piaffent sous le portique.
Dans mon exil à toi je vais rêver,
Oh! mon pays, oh! France bien aimée,
Appelle-moi tu verras mon épée
Dans ses déserts repousser l'étranger.

Oui, France, appelle-moi. Mais que dis-je? ils
ont juré ma perte. Au moins si j'étais sûr que ma cendre dût reposer un jour sur les bords de la Seine, au
milieu des Français que j'ai tant aimé.

Air : *de Lamarque.*

Vieux compagnons de mes nobles travaux,
Vous qui long-temps partageâtes ma gloire,
Dans mon exil, aux instans du repos,
Pour l'avenir j'écrirai votre histoire.
Mais si le sort dans les fers ennemis
Tranche mes jours, écoutez ma prière :
Braves amis que ma froide poussière
Repose en paix au milieu de Paris.

Dans l'avenir, un jour le voyageur
Interrogeant notre histoire guerrière,
Au Panthéon cherchera l'empereur,
L'écho dira : sur la terre étrangère.....
Oh! si le sort dans les fers ennemis
Tranche mes jours, écoutez ma prière:
Braves Français que ma froide poussière
Auprès de vous repose dans Paris.

Ma cendre un jour aux rostres du forum
Fera bondir les tribuns politiques,
Et mon cercueil nouveau palladium
Sera garant des libertés publiques.
Sénat des rois, princes mes ennemis,
Vous que long-temps ménagea ma clémence ;
Le peuple est fort redoutez sa vengeance ;
Rendez ma cendre au bronze de Paris.